13 - 14

A. BUYWID

GENDARME EN RETRAITE

Ancien Chef de poste à PÉGOMAS

:0:

Les Bandits

de

PÉGOMAS

EXPOSÉ DES PRINCIPAUX ATTENTATS . . LEURS CAUSES POSSIBLES

MOYENS A EMPLOYER POUR PRENDRE LES CRIMINELS

1re Partie

PRIX 1 FR.

1913

Les Bandits de PÉGOMAS

SUIS-JE FOU ?

Tout récemment un des plus fins limiers de la Police Mobile s'adressait à une notabilité de la région à même de lui fournir quelques précieux renseignements sur les bandits de Pégomas.

Cette notabilité m'ayant fait l'honneur d'écouter, avec intérêt, certaines considérations personnelles, pensa bien faire en donnant mon nom au magistrat, en l'assurant que j'étais susceptible de le renseigner utilement.

Mon nom à peine prononcé, l'officier de police s'exclama : *C'est le gendarme qui est fou.* Ce cri spontané étant parvenu à mes oreilles, j'écrivis aussitôt à son auteur la lettre suivante :

«Nice, le 9 décembre 1912.

«Monsieur X... commissaire de police mobile
«en mission, poste restante, Cannes.

« Monsieur le Commissaire,

« Ayant été informé que vous vous occupiez actuel-
« lement d'éclaircir le *Mystère de Pégomas*, j'ai l'hon-
« neur de vous faire connaître que je suis tout dis-
« posé à vous aider en vous donnant des renseigne-
« ments susceptibles, peut-être, de vous intéresser.

« Je serais très heureux d'avoir ainsi l'occasion de
« vous prouver que je ne suis nullement atteint d'alié-
« nation mentale.

« La personne qui a porté contre moi une telle
« allégation, doit être fort intéressée à ce que ma
« lucidité d'esprit soit mise en doute.

« Veuillez agréer, M. le Commissaire, l'expression
« de mes sentiments respectueux et dévoués.

Ma lettre bien entendu est restée sans réponse.

Ce n'est d'ailleurs pas lui, qui, le premier a émis
une pareille opinion.

Ceux qui auront la patience de me lire jusqu'au
bout ne partageront peut-être pas son jugement.

Pour répondre à ce magistrat, fixé sans me connaître et sans m'avoir entendu, sur la valeur de mon
témoignage, mon intention était, tout d'abord, de soumettre au public *tous les dessous* de l'affaire.

Mais étant donné le genre tout spécial, d'obstacles
qui se sont toujours opposés à la manifestation de
la vérité, et dans l'intérêt des recherches futures,
j'ai du me limiter.

Muni de renseignements recueillis sur place, avant
et après ma mise à la retraite; je vais donc ici me
relater que succintement, les principaux évènements
qui se sont déroulés à Pégomas, depuis 1906, jusqu'à ce jour.

Pour la clarté de mon récit, je suivrai l'ordre chro-
nologique.

Après l'exposé de chaque fait criminel ou d'une sé-
rie d'actes similaires, j'essaierai d'en indiquer les
causes vraisemblables.

Le lecteur, quelle que soit sa position, appréciera
si mes déductions procèdent d'un homme dépourvu
de raison.

2 AVRIL 1909

INCENDIE DE LA SACRISTIE

La sacristie de l'église de Pégomas a été incendiée le 2 avril 1906, dans des circonstances telles que l'abbé Espert, curé de cette commune a été l'objet d'une information judiciaire.

Il y a eun on-lieu, il est vrai, mais certains supposent qu'une enquête plus rapide et plus énergique, aurait pu aboutir à un résultat tout différent.

Le jour de l'incendie, un individu dont le curé de Pégomas refusa, tout d'abord, de faire connaître le nom, lui rendit visite, fut avec lui dans l'église, peu avant que l'incendie ne se déclarât et disparut.

Des paroles imprudentes prononcées plus tard, par le Curé, et sur lesquelles j'aurai l'occasion de revenir; son attitude qui parut étrange à tout le monde, même aux gens soi-disant bien pensants, eurent pour conséquence d'amener l'opinion publique, la Police et la Justice à le soupçonner d'avoir mis, ou fait mettre, le feu à la sacristie, si bien que, il fut, me semble-t-il inculpé d'incendie volontaire.

L'abbé Espert fut arrêté le 1er octobre 1910, par la police mobile.

Après une instruction de 14 jours, un non-lieu intervint.

Etant donné que l'incendie de la sacristie, a eu lieu, pour ainsi dire, au lendemain de la Séparation de l'Eglise et de l'Etat, on ne trouvera rien d'extraordinaire à envisager, dans l'acte criminel, qu'à tort ou à raison, (à tort sans doute puisqu'il y a eu non-lieu) on lui a attribué; la possibilité de qualifier cet incendie, de crime ayant pour cause «la Politique ou la Religion».

Relativement à cet incendie, il n'est pas sans intérêt de mettre en lumière les faits suivants :

1. Le curé fut inquiété au sujet d'objets précieux enlevés de la sacristie avant l'inventaire consécutif à la Séparation de l'Eglise et de l'Etat :

2. Les objets disparus n'ont pas été, paraît-il, remis en place, après l'inventaire ;

3. Ces objets précieux, auraient été détruits par l'incendie, d'après le curé, alors qu'en réalité, des témoins pourraient, à l'heure présente, affirmer que les choses ne se seraient pas passées ainsi.

AVRIL A SEPTEMBRE 1906

D'avril à septembre 1906, les incendies se succèdent. Les détails en seraient fastidieux. Les causes en sont, officiellement, restées inconnues. Mais, des enquêtes faites, et des bruits colportés par la rumeur publique, il résulterait que ces incendies n'ont pas eu, toujours la malveillance pour cause véritable.

Il n'est pas possible, dans une relation comme celle-ci, d'évoquer des soupçons anciens.

A quoi, d'ailleurs, à l'heure présente, cela pourrait-il servir ?

Les incendies ont été perpétrés avec une habileté déconcertante.

Hier, c'était un immeuble assuré qui brûlait, aujourd'hui les flammes s'élèvent d'un cabanon qui n'est pas assuré, il en sera de même plusieurs fois de suite; puis ce seront à nouveau des propriétaires assurés qui verront brûler leurs biens.

Ceci conduit à cette déduction, qu'on a, peut-être, voulu mettre les compagnies d'assurance, en coupe réglée.

A cette époque, le feu était, rarement mis dans les agglomérations; le choix des incendiaires, se fixait en général sur des cabanons isolés, des meules de foin et de blé.

Dans tous les cas l'hypothèse d'incendie par imprudence ne saurait guère être soutenue. Et alors, si on écarte l'idée de spéculation au détriment des compagnies d'assurances, il ne reste plus qu'à mettre les incendies sur le compte d'un dément !

Cette dernière supposition est accréditée dans l'esprit d'un certain nombre de personnes.

SEPTEMBRE 1906

Le 13 septembre 1906, vers 2 heures du matin, le vieux Seytre, demeurant au quartier de La Roche, entendit du bruit autour de son habitation. Trois coups de feu furent tirés sur la croisée de sa maison.

Les balles recueillies ont été déposées au greffe.

Dans la suite, pendant longtemps, après chaque coup de fusil, on retrouvera des balles du même modèle.

Le père Seytre a déclaré formellement, en public, avoir reconnu la voix du nommé Sauvaire qui sera plus tard, acquitté par la Cour d'Assises.

Les motifs de cet attentat seraient plutôt *d'ordre privé*.

14 septembre. — A 9 heures du soir on a heurté à la porte de M. Teysseire, voisin du curé, Teysseire n'y prête pas attention.

15 septembre. — A 10 heures du soir, on frappe de nouveau à la porte Teysseire se lève; au moment où il entr'ouvre la porte, deux coups de fusil sont tirés sur lui. Il est décédé depuis, des suites d'une maladie qui peut-être attribuée à la commotion qu'il éprouva.

Pour rechercher les motifs de ce dernier attentat, il y a lieu de faire observer que Teysseire était au courant de bien des détails relatifs à l'incendie de la sacristie.

18 septembre. — M. Sigallas essuie deux coups de feu à 10 heures du soir, au quartier du Château, tout à côté de la « Maison Neuve » où le jeune Musso sera visé en juillet 1910 et où le cordonnier Barralis sera grièvement blessé en décembre 1912.

Aucun motif apparent; en fouillant, on en trouverait peut-être un.

19 septembre. — Deux coups de feu sont tirés au quartier des Mîtres sur la maison de Jean-Baptiste Mul, ami des libres-penseurs de Pégomas.

Aucun mobile apparent.

20 septembre. — 11 heures du soir. Coups frappés à la porte de Mauran Victor, voisin du Presbytère, (décédé depuis) suivis de deux coups de feu.

Mauran avait été victime le 3 août précédent d'un incendie qui avait brûlé son écurie; son cheval était mort asphyxié.

Le motif pouvait-être analogue à celui de l'attentat, commis chez Teysseire (Voir plus haut 15 septembre).

Le résultat fut le même puisque Mauran devint gâ-
teux et mourut peu après.

20 septembre. — Jet de pierres sur la maison d'é-
cole. Un individu de petite taille, alerte, a été aperçu fuyant.

M. Merle, instituteur, aurait assisté en spectateur
involontaire, au déménagement de la sacristie. Bien
qu'en bonnes relations avec le curé, il se serait alors
permis de faire quelques réflexions désapprouvant
l'acte qui se commettait devant lui.

En tirant des pierres sur sa maison, n'avait-on pas
pour but de l'effrayer, de l'empêcher de parler ?

Il est à noter que dans presque toutes les affaires
qui précèdent, ainsi que dans la plupart de celles qui
suivront, les bandits ont l'habitude de faire précéder
les coups de fusil, de jet de pierres sur les maisons
et de coups de sifflet. Avant ou après, ils imitent,
tantôt le chant du coq, tantôt celui de la chouette.

On dit aussi qu'un chien ouvre la marche, et qu'un
enfant ou une femme les accompagne.

1907

6 juillet. — 11 heures du soir. La maison du père
Seytre, au quartier de « La Roche », est lapidée. Des
coups de feu sont tirés. On tente d'incendier la
maison. Seytre interpelle les bandits, l'un d'eux ré-
pond qu'il vient chercher *Constant*. Seytre croit reconnaître la même voix entendue le 13 septembre

1906, c'est-à-dire celle de Sauvaire. Les motifs de
cet attentat sont toujours *d'ordre privé*, très probablement.

A noter que 3 ans plus tard, au cours d'une perquisition opérée au domicile de Sauvaire, un panier
plein des mêmes pierres, dont les bandits ont l'habitude de se servir fut trouvé caché sous un lit.

Août. — Plusieurs personnes ont parlé et fait allusion à la possibilité de l'arrestation d'une personne habitant le quartier du Château.

1908 — 1909

Aucun attentat n'a été commis pendant les années 1908 et 1909, et cette constatation offre cela
d'intéressant que durant cette période, un individu
dont on a parlé et dont on parlera souvent, se trouvant absent de la région.

1910

Nuit du 19 au 20 juillet. — Un grenier appartenant
à M. P. Magagnosc, est incendié.

24 juillet. — Jour des élections au Conseil général,
M. Pierre Magagnosc est blessé grièvement d'un coup
de feu. Antoine Rey qui marchait à côté de lui, prétend que le coup de feu qui a blessé Magagnosc
pouvait tout aussi bien lui être destiné.

Tous les deux sont libres-penseurs. Magagnosc est
le fondateur du groupe : *Raison et Science*. A. Rey en
est le secrétaire.

Le lendemain de l'attentat Magagnosc, le curé à
la tête d'une vingtaine de personnes, alla sommer le

Maire d'indiquer au public, le détail des mesures qu'il avait prises pour assurer la sécurité publique.

Le Maire refusa.

L'attentat contre Magagnosc fut commis dans les circonstances suivantes :

Le 24 juillet, vers 9 heures du soir, après avoir eu connaissance du résultat des élections, MM. Maubert, maire; Magagnosc et Rey venant du bureau de poste contigu au presbytère, se rendaient au quartier du Logis. Chemin faisant ils croisèrent MM. Estable, aubergiste et l'abbé Espert, qui étaient arrêtés sur le bord de la route, près du cimetière.

Après avoir été dépassés de 5 ou 6 pas par le groupe, MM. Estable et Espert appelèrent le Maire qui fit demi-tour pour les rejoindre.

Magagnosc et Rey continuèrent leur marche vers le «Logis» et trente mètres environ plus loin, entre le cimetière et le pont de la Baume, Magagnosc était blessé grièvement.

Quelques gens des moins mal intentionnés n'ont-ils pas pu, avec un semblant de raison, supposer que MM. Estable et Espert savaient ce qui allait arriver ?

31 juillet, 9 heures du soir. — Risso Baptiste, 61 ans, est blessé d'un coup de feu à la main droite, au café Merle.

Quelques jours auparavant, il avait déjà essuyé, sans être atteint, un premier coup de feu tiré sur la fenêtre de son logement.

Le fils Risso aurait accusé de ce fait, un certain Borsotto au moment où ce dernier fut arrêté pour vol de légumes.

Borsotto, condamné pour ce vol fut expulsé, mais on ne l'inquiéta nullement au sujet de l'accusation portée contre lui par Risso. On oublia, paraît-il, de perquisitionner chez lui. L'alibi qu'il fournit pour la nuit ou Risso fut blessé, n'aurait même pas été vérifié.

Il serait, peut-être, intéressant de connaître les relations de Borsotto à Pégomas et pour le compte de quels propriétaires il travaillait parfois.

Le même soir vers 10 heures, le jeune Musso, qui rentrait dans sa chambre à la Maison Neuve, au quartier du Château toujours, voit par sa fenêtre ouverte, un homme se glisser derrière le mur de clôture de la propriété Maubert.

Au moment où il allait prendre son fusil, un coup de feu est tiré dans sa direction. Musso n'est pas atteint mais la balle traverse la persienne.

Musso aurait, paraît-il, fait quelques jours auparavant, une déclaration intéressante, relative à l'attentat commis sur Magagnosc ?

10 août. — Le 10 août, vers 10 heures du soir, alors que la gendarmerie, requise à cet effet, gardait à vue, dans un local de la Mairie de Pégomas, le fossoyeur Toniolo Jean, inculpé de tentative d'assassinat sur Magagnosc, une dizaine d'hommes, voisins a-t-on dit, de Toniolo, vinrent inviter le Maire de Pégomas à faire mettre l'inculpé en liberté sous prétexte qu'il était innocent, faute de quoi, ils le délivreraient.

Leur démarche n'aboutit pas.

Vers le 15 août, un de mes camarades, encore en activité entendit le garde-champêtre de Pégomas, dire à une dame que 4 ans auparavant, le curé avait dit au catéchisme :

Maintenant ce sont des meules et des maisons qui brûlent, mais dans 4 ans les habitant de Pégomas ne pourront même plus sortir de chez-eux.

Le garde-champêtre fit aussi part à mon camarade des paroles suivantes prononcées par le curé, pendant l'office d'une messe avant les élections de 1910 au Conseil Général :

« *Mettez une main sur la conscience, et vous, Mesdames dites à vos maris qu'ils votent pour M. M............ sans cela il arrivera des malheurs !*

28 'août. — Delfino est blessé mortellement à La Roquette.

L'opinion publique prétendait que Delfino était un témoin à charge contre le fossoyeur Toniolo, soupçonné d'être l'auteur de l'attentat commis le 24 juillet sur Pierre Maganosc.

25 septembre. — Ayant lié ce jour-là, conversation avec le curé, il me parla en ces termes :

« *Au moment où mon arrestation était imminente si j'avais été conduit à Grasse, d'AUTRES m'y auraient suivi. Ce qui se passe à Pégomas est extraordinaire et personne ne s'en doute. Si je suis arrêté un jour. je parlerai et j'emploierai contre ces gens là, non la charité chrétienne, mais la correction fraternelle.*

Le curé fut arrêté peu de jours après et j'ignore quelles explications il fournit au juge d'instruction, mais j'imagine que, s'il tint parole, elles durent être fort intéressantes.

Fin septembre. — Au risque d'allonger ce récit, il ne me paraît pas sans intérêt de relater ici quelques renseignements absolument personnels.

1. Dans le courant de septembre, j'appris que le 14 du dit mois, l'abbé Espert, s'était rendu à 4 h. 30 de l'après-midi, chez Mme Mul, propriétaire d'un immeuble contigu à la maison habitée par la famille Rey au quartier de la «Croix».

L'abbé avait demandé à cette dame, si elle était assurée contre l'incendie, si elle vivait seule et si elle n'avait pas de domestique.

Mme Mul répondit, qu'elle était assurée, qu'elle vivait seule, mais qu'en cas de sinistre, la prime d'assurance ne couvrirait pas la valeur de l'immeuble.

2. Logé dans le même immeuble que Mme Mul, j'observai qu'à plusieurs reprises, une surveillance était exercée, la nuit venue, autour de cet immeuble, et cela depuis les questions de l'abbé à Mme Mul.

Parfois, surtout la nuit pour aller prendre mon service, j'entendais des bruits dénotant une fuite furtive dans les cultures avoisinantes.

3. Une nuit des individus passent en courant, pieds nus, devant mon logement et disparaissent dans l'ombre, sans que je puisse les reconnaître.

4. Dans les nuits des 17 et 25 septembre, des coups sont frappés à la porte et aux persiennes du logement que j'occupe avec ma femme.

Les auteurs de cette surveillance et de ces agissements, poursuivent, selon moi, un double but : connaître les heures auxquelles je m'absente, et chercher à m'effrayer pour m'amener à abandonner mon logement et nuire ensuite, sans que je puisse intervenir, à la famille Rey.

La famille Rey a semblé vouloir aider la Justice

dans la recherche des criminels et je pense, que
de ce fait, elle peut craindre d'être victime des
mêmes représailles qui ont coûté la vie à Delfino.

Ma supposition semble corroborée par les faits suivants :

Le 22 septembre vers 7 heures et demie du soir,
un individu vient me trouver sous le prétexte banal,
de me parler de Roquefort, commune de ma cir-
conscription, où dit-il, il avait résidé, et où il con-
naissait tout le monde.

Dans notre conversation, il ne put me citer le
nom d'une seule personne habitant cette commune!

Au moment de me quitter, il me demanda si j'étais
de service le soir-même, et si je sortais chaque nuit.

Devinant que ses questions me paraissaient bizar-
res pour le moins, il m'expliqua qu'il avait l'intention de m'accompagner dans mes tournées nocturnes.

L'individu en question, a été vu, la nuit, en compagnie d'autres suspects, parcourant la campagne
pieds nus. Il aurait même, une certaine nuit, été
mis en joue par un habitant vigilant. Evidemment
il est suspect là-même. Je ne crois pas nécessaire de
dévoiler son nom ici.

6 octobre. — Certains catholiques de Pégomas, font
des démarches pour obtenir un nouveau curé.

6 DÉCEMBRE 1910
AUDIENCE DE LA COUR D'ASSISES

Un ami qui a assisté aux débats qui ont eu lieu
devant la Cour d'Assises, m'a fait connaître les dé-

tails ci-après :

Toniolo indique comme suit, l'emploi de son temps :

Dans la journée du 24 juillet, et dans la nuit du 24 au 25 du même mois :

Séjour au café Boule à Mouans-Sartoux, jusqu'à 4 h. 30 ou 5 heures du soir.

Au café Mul jusqu'à 7 heures du soir avec Baud et Estable.

Il se serait ensuite rendu en sortant de ce dernier établissement, au Moulin, où il aurait pris son repas du soir; il aurait diné seul. Son repas terminé, il est allé au café Tombarel-Pélissier, où il a séjourné de 8 heures à 9 heures du soir, et aurait causé dans cet établissement avec M. Pélissier le patron, et avec Roustan et Buscatelli.

A sa sortie de ce café, il se serait rendu sur l'Aire de Mouans-Sartoux où il se serait couché jusqu'au lendemain matin.

M. Méténier, commissaire de police, déclare qu'il résulte de l'enquête à laquelle il s'est livré que Toniolo aurait quitté Mouans-Sartoux à 7 heures du soir et que *Mella seul a couché sur l'Aire de cette localité.*

M. Asquier, garde-champêtre de Mouans-Sartoux, ancien inspecteur de la sûreté à Paris, n'a pas vu Toniolo le 24 juillet; il a procédé à une enquête à l'effet de savoir si Toniolo avait passé la nuit sur l'Aire communale, mais il n'a pu recueillir aucun témoignage l'affirmant. Il ajoute que si Toniolo, s'était rendu sur l'Aire dans la nuit du 24 au 25 juillet, les trois hommes qui y étaient de garde, cette nuit-là, l'auraient sûrement aperçu.

M. Sasso Nicolas a constaté, le 25 vers 4 heures et demie du matin que Mella était couché sur l'Aire, et dit qu'il a « aperçu Toniolo venant de Mouans-Sartoux un peu avant 5 heures du matin ». Il ne sait si Toniolo a couché sur l'Aire, dans tous les cas, il ne peut dit-il, avoir travaillé avec Mella, avant son arrivée sur l'Aire, jusqu'à ce moment ce dernier était encore couché. M. Isoard, *ami intime* de l'abbé Espert, aurait invité ce témoin à dire que « Toniolo avait passé la nuit sur l'Aire, car s'il ne faisait pas cette déclaration Toniolo était un homme perdu ».

M. Baud Pierre, se trouvait le 24 juillet au café Mul, avec Toniolo, qu'il a quitté vers 7 heures du soir, il ne l'a plus revu dans la soirée.

M. et Mme Pelissier, cafetier, *n'ont pas vu* Toniolo dans leur établissement dans la soirée du 24 juillet (de 8 heures à 9 heures du soir). Ils disent qu'il y avait beaucoup de monde ce soir là, dans leur café à l'occasion des élections.

MM. Doussau, Pellegrin et Rapon, ont bien vu un individu couché sur l'Aire dans la nuit du 24 au 25 juillet, mais ils ne peuvent dire quel était cet individu; ils supposent que c'était *Mella*. Ils affirment *qu'un seul* individu est venu cette nuit là, se coucher sur l'Aire où ils étaient de garde.

Buscatelli déclare ne pas se rappeler quel jour exactement, il se trouvait à Mouans-Sartoux au café Tombarel-Pelissier; il se souvient toutefois que c'était un jour d'élections, « mais il ne se rappelle pas avoir vu Toniolo » dans cet établissement.

Roustan Emile, se souvient avoir vu Toniolo, au

café Tombarel-Pelissier, le 24 juillet; toutefois, il ne peut préciser d'une façon exacte l'heure qu'il était, et indique seulement que cette heure pouvait varier entre 8 h. 3/4 et 9 h. 1/4 du soir.

Estable reconnaît s'être trouvé vers 6 h. 30 ou 7 heures du soir avec Toniolo au café Mul.

Toniolo fut acquitté.

Que l'on remarque bien que le témoin *Mella*, dont la déposition aurait pu être accablante pour Toniolo, ne comparut pas devant la Cour, n'ayant pas, dit-on, été *touché* par l'assignation !....

Après l'acquittement de Toniolo, j'acquis bien vite la conviction qu'à Pégomas, l'impression générale était que si les débats n'avaient pas démontré suffisamment sa culpabilité il n'en était pas moins vrai, que pour le plus grand nombre, son innocence était loin d'être prouvée.

Les *contradictions* de Toniolo, au cours de l'instruction ne plaidaient d'ailleurs pas en sa faveur.

D'autre part, le bruit courait, avec persistance, que le soir du crime, il aurait été vu à Pégomas, non seulement par Mme Rey, mais encore par M. Funel, adjoint au Maire et par son domestique.

Une autre personne aurait vu, quelques minutes seulement avant l'attentat, Toniolo s'engager sur le pont de «La Baume».

La brigade mobile, a d'ailleurs, dû enquêter sur ces derniers points.

Décembre. — Je dois encore à la vérité de signaler les propos suivants qui me furent tenus par Madame Sauvaire, vers la fin de décembre.

«Quelques jours, après la mise en liberté provi-

« soire de l'abbé Espert, j'ai rencontré ce prêtre à
« Grasse, devant la prison où j'allais voir mon mari.
« Je me trouvais en compagnie de Elisa Toniolo,
« nièce de Jean. Le curé, en nous apercevant, s'est
« approché de nous et après nous avoir serré la main,
« il a dit à Elisa qui pleurait : « Ne pleure pas, je
« ne puis rien dire pour Sauvaire, mais pour ton
« oncle, j'en sais long, ne pleure pas ». L'abbé Espert,
« s'est ensuite dirigé vers la prison où il est entré.

« Vingt minutes plus tard, il est venu, de nouveau,
« nous rejoindre sur le cours et je l'ai entendu dire
« à Elisa, qui ne cessait de pleurer : « J'enverrais vo-
« lontiers de l'argent à Jean, mais j'ai peur de me
« compromettre, il y a trop peu de temps que je suis
« sorti de prison ».

« Le curé a ensuite ajouté, à voix basse, d'autres
« paroles dont je n'ai pas bien souvenance, mais d'a-
« près lesquelles j'ai compris *qu'il avait de l'argent*
« pour sauver Toniolo. Un peu plus tard, pendant
« qu'Elisa était entré à la prison, il m'a dit : « Ne
« craignez rien, nous avons de l'argent pour nous
« débrouiller ».

« Depuis ces évènements, chaque fois, que je ren-
« contre l'abbé Espert, il me recommande le silence,
« en disant : « Surtout ne dites rien, ne faites rien ».
« Je suppose qu'il redoute que je vous raconte quel-
« que chose qui soit compromettant pour lui ».

Mme X..., veuve Y..., à qui Mme Sauvaire se con-
fiait au jour le jour, m'a certifié avoir eu connaissance de tous les faits relatés ci-dessus.

On pourrait trouver l'explication des paroles : *Nous
avons de l'argent* dans le fait suivant qu'il ne m'a

pas été possible de contrôler, par suite de la terreur qui régnait et règne encore dans la région de
Pégomas-La Roquette.

Quelques jours avant l'acquittement de Toniolo,
l'abbé Espert aurait annoncé en chaire à La Roquette
qu'il allait procéder à une quête à domicile et que
« pour lutter contre les ennemis de l'Eglise, il lui
fallait beaucoup d'argent; qu'il était préférable pour
lui de s'abstenir, que d'aller visiter les gens qui
devaient ne lui donner que 40 sous ».

Par crainte, plutôt que par dévotion des fidèles,
l'abbé fit peut-être, une quête fructueuse ?

M. M... P..., demeurant à Cannes, me fit aussi la
déclaration suivante :

« Vers la fin d'octobre dernier, je me trouvais en
« gare de Nice, vers 3 heures de l'après-midi, en
« compagnie de M. X..., habitant Cannes. L'abbé Es-
« pert, se trouvant sur le quai, et m'ayant aperçu,
« s'avança vers moi, et après m'avoir serré la main
« me dit : « Vous avez tort, M. M... de quitter Pégo-
« mas; je crois que maintenant on vous aurait laissé
« tranquille. Je crois que le banditisme à Pégomas, va
« bientôt cesser. Il peut se faire que l'an prochain, il
« y ait encore quelques escarmouches, car ces gens-
« là ne peuvent quitter net comme ça ». Il m'a sem-
« blé à ce moment que ce n'était pas une simple im-
« pression personnelle qui faisait, ainsi parler le curé;
« mais plutôt une certitude sur les faits et geste des
« bandits. Cette opinion fut du reste celle de M. X...;
« qui m'en fit part le lendemain ».

1911

Avril, mai, juillet. — Un petit nombre de procès-verbaux ont été dressés pour vols de légumes, de fleurs et de roseaux, commis par des inconnus.

Si, peu de propriétaires ont porté plainte, pour des vols, dont ils ont été victimes, j'ai pu établir, à l'inverse, qu'un grand nombre d'habitants ont été victimes de vols de fleurs, légumes, volailles, lapins, etc., le montant de ces rapines dépasserait 2000 frs.

La crainte de représailles, d'autres motifs aussi, empêchèrent les volés de porter plainte. Quelques uns de ces propriétaires qui, de notoriété publique avaient été volés, prétendirent le contraire. Il est certain selon moi que les voleurs, s'ils n'étaient du nombre des bandits, ont du moins profité de la terreur qui faisait calfeutrer, dès la nuit tombante, tous les habitants de la contrée. Pour la même raison, quelques individus notoirement douteux se livraient sans doute à la contrebande, à la pêche à l'aide de dynamite, etc.

Juillet. — Le 19 étant en patrouille, j'ai entendu, un coup de fusil tiré du côté du Château.

Le 20, procédant à une enquête, Maubert Louis, m'a déclaré, que la veille vers 10 h. 45, du soir, étant embusqué au coin de son poulailler d'où 3 jeunes poulets avaient disparu le 17, il a cru voir une fouine, près du grillage et a tiré dans la direction de l'animal supposé, un coup de fusil qui n'a donné aucun résultat.

Le 22 à 2 heures du matin, un coup de feu est tiré au quartier de la Tuilière. Vers 3 heures du matin. deux détonations plus fortes se font entendre au quartier du Château. Avec mon camarade de service nous avons surpris l'auteur de ces coups de feu occupé à lancer des pierres sur la toiture d'un cabanon, il excitait son chien à chercher dans les plantations d'à côté.

Après l'avoir désarmé, nous l'avons conduit au poste de gendarmerie, où il nous a tenu des propos incohérents.

Peu après il a été interné à Saint-Pons où il n'est resté qu'une quinzaine de jours.

Septembre. — Le 4, empoisonnement d'un chien de garde appartenant à Rey Antoine (celui qui marchait à côté de Magagnosc le 24 juillet).

A noter ici que plusieurs actes criminels ont commencé par l'empoisonnement des chiens de garde.

Le 18. — Assassinat de Mme Rousset-Dalon à La Roquette.

D'après moi. et contrairement à ce qui a été soutenu, je pense que les dessous de ce crime sont d'ordre politique.

Je ne puis m'expliquer ici, mais je me tiens à la disposition de ceux qui seraient tentés d'éclaircir cette affaire, en la rattachant aux autres faits criminels attribués aux bandits de Pégomas.

Le 18 septembre. 3 maisons lapidées.

Un coup de feu est tiré près du cimetière de Mouans-Sartoux sur des jeunes gens revenant de la fête de Pégomas. L'un de ces jeunes gens est originaire de Pégomas et habite depuis quelques années Mouans-Sartoux.

Le 21 septembre. — Vers 10 heures 15 du soir, un-

cendie du grenier de la ferme Degiovanni, au quartier du Moulin de La Badie, commune de la Roquette.

La même nuit, au quartier de La Venne, vers 10 h. 50, jet de pierres sur la maison Pillot, et quelques minutes plus tard, sur la maison de Sigallas Louis.

M. Sigallas Louis a entendu des hommes rôder autour de la maison; la porte a été secouée.

Deux autres personnes habitant la maison ont confirmé les dires de Sigallas.

Toujours le 21, étant en service, sur le territoire de la commune de La Roquette, au quartier Saint-Georges, appelé dans le pays Saint-Jean, avec mon camarade, j'ai essuyé 4 coups de revolver dans les circonstances suivantes :

Vers 11 h. 15 du soir, nous avons vu, venant vers nous à une distance d'environ 20 mètres, un homme qui marchait sur le même côté de la route; ayant continué une douzaine de mètres, il passa sur le côté opposé en traversant la route obliquement.

Au moment où il arrivait à notre hauteur, cet homme nous ayant sans doute aperçus, fit un brusque mouvement de recul. Je l'interpellai en prononçant à haute voix le mot «gendarmerie». Sans répondre, l'homme étendit brusquement le bras dans ma direction et fit feu à quatre reprises sans m'atteindre, avec un revolver. Je ripostai aussitôt par quatre autres coups; l'homme s'enfuit en poussant un cri ; il quitta la route et grâce à l'obscurité et au vent, disparut dans les vignes bordant la route, sans qu'il nous fut possible de le joindre.

Le cri poussé par lui, m'a semblé un signal à l'adresse de complices restés en arrière.

Le 25 septembre, vers 9 heures du soir, Dalmasso Mathieu est blessé légèrement dans sa maison au quartier du « Château », d'un coup de feu. Il ne peut donner aucun renseignement et n'a pas de soupçon.

La même nuit, vers 11 heures, jet de pierres sur la maison Demarchi au quartier du « Dragon ». Encore, la même nuit, vers 1 heure du matin, jet de pierres sur la maison-Mul Honoré au quartier des Mîtres.

26 septembre. — Madame Figeat Élisabeth, propriétaire au même quartier, fait une déclaration très importante :

Trois jeunes gens, qu'elle avait vu danser sur la place du Logis, le 18 septembre, sont passés le 26, vers une heure du matin, près de sa maison, armés d'un fusil, se dirigeant vers le quartier des « Muls». Elle précise leur signalement. A leur passage, contrairement à leur habitude, les chiens du quartier n'ont pas aboyé.

Octobre. — Dans les premiers jours d'octobre, les frères Maubert sont arrêtés. Après une instruction de courte durée, un non-lieu, intervient en leur faveur.

J'ai l'impression, vraie ou fausse, que tous les méfaits commis en 1911 (l'assassinat de Mme Rousset-Dalon excepté) ont eu comme objectif principal d'accréditer dans l'opinion publique, que les criminels étaient étrangers au pays, c'est-à-dire, n'habitaient pas Pégomas.

Cette supposition a du reste, été soutenue par certains articles de presse.

1912

Novembre. — Dans un sermon prononcé le 1er novembre dans l'Eglise de Pégomas, le curé de cette commune, se serait, dit-on, exprimé en ces termes : « Au lieu de dépenser des sommes folles pour faire construire de luxueux mausolées et placer des couronnes sur les tombes, on ferait mieux d'employer cet argent à faire dire des messes à l'intention des morts, car les monuments, les couronnes, etc., ne sont qu'un vain luxe inutile. »

21 novembre. — Tous les journaux ont indiqué en détail dans quelles circonstances, le cimetière de La Roquette a été profané.

25 novembre, 11 heures du soir. — Incendie d'une maison de campagne appartenant à la veuve Raybaud, quartier de la Dégoute à Mouans-Sartoux. Mme Raybaud est assurée.

La même nuit. Incendie du châlet de M. Pellegrin, au quartier des Mîtres à Pégomas. M. Pellegrin est assuré. Sur la porte on a relevé les mêmes inscriptions qu'au cimetière de La Roquette.

30 novembre. — Actes de vandalisme commis au cimetière de Mouans-Sartoux. Mêmes inscriptions qu'à La Roquette. La même nuit, incendie d'une grange appartenant à M. Martel à Mouans-Sartoux et d'un cabanon à M. Ipert, cultivateur au même lieu. MM. Martel et Ipert ne sont pas assurés.

2 Décembre. — Allavena Vincent, 16 ans est mortellement blessé, vers 9 heures du soir, au café du Bosquet, quartier Saint-Jean, commune de La Ro-

quette.

Motif supposé : « Allavena n'aurait pas su retenir sa langue ».

10 décembre. — Dans la nuit, une maison d'habitation appartenant à M. Ristorti Pierre, demeurant à Pégomas est incendiée. Ristorti est assuré.

21 décembre. — Le cimetière de La Roquette est profané pour la deuxième fois.

28 décembre. — Le cimetière de Mouans-Sartoux est profané dans des conditions identiques à celles du 30 novembre dernier.

30 décembre, vers 10 h. 30 du soir. — Le cordonier Baralis est blessé chez lui d'un coup de feu au côté gauche (Maison Neuve, quartier du Château).

La veille de l'attentat le chien de Mme Musso co-locataire de l'immeuble habité par Baralis, est empoisonné.

Baralis passait pour boire un peu ; après boire il parlait beaucoup. Il n'y aurait rien de surprenant à ce qu'il connut certains détails, gênants pour quelques-uns.

A retenir ces paroles qui lui sont attribuées: «Je me vengerai ».

1913

Enfin pour commencer l'année 1913, nous avons trois tentatives d'assassinat.

5 janvier(Bologna).

9 janvier (gendarme Paoli).

Le 17 janvier, des malfaiteurs toujours inconnus, ont tenté vers 2 h. 30 du matin de précipiter Mme veuve Passerel dans son puits, au quartier du Moulin Vieux, commune d'Auribeau à 1.500 mètres de Pégomas.

22 janvier (gendarme Casse).

Maintenant que j'ai esquissé à grands traits les principaux attentats, en indiquant çà et là, leurs causes possibles, je vais résumer, à un point de vue psychologique personnel, l'historique de cette étude, et je terminerai en indiquant les moyens qui me paraissent devoir être tentés, pour arriver à un résultat positif.

RÉSUMÉ

Au début, incendie de la sacristie qui peut se rattacher à des causes politiques et religieuses.

Ensuite, incendies divers, consommés avec une habileté rare. Tantôt les victimes sont assurées, ce qui permet de fâcheuses hypothèses; tantôt au contraire, elles ne le sont pas, ce qui renverse les précédentes hypothèses.

Entre temps, par crainte de représailles, nombre de personnes, victimes de vols peu importants, si on les examine séparément, n'ont jamais osé porter plainte officiellement. Il n'empêche, qu'au total le montant des vols connus, atteint près de 2.500 francs.

N'est-il pas permis de supposer que les voleurs, ont, tout au moins, des accointances avec les bandits?

Des attentats sérieux contre les personnes se produisent à partir de 1910. Le plus caractéristique est celui commis contre Magagnosc. Il procède, sans nul doute, pour moi, d'une cause politico-religieuse.

Les débats de la Cour d'Assises sont suggestifs ! ! !

Comme pour les incendies, lorsqu'on étudie les attentats contre les personnes, les mobiles paraissent échapper, pour la plupart, à l'analyse. Ici, on entrevoit la politique ou la religion; là, c'est la vengeance qui apparaît presque certaine, puis on retombe sur des espèces où la raison se perd à rechercher la cause.

Tout ce qui a trait aux profanations de cimetières, dénoterait l'inconscience, la folie, ou l'exécution dans laquelle l'exécutant ne serait qu'un jouet.

La police et la gendarmerie sont sur les dents, depuis 1906. Malgré des effectifs considérables, des recherches innombrables, des embuscades continuelles, malgré, en un mot, une surveillance de tous les instants les résultats obtenus sont presque nuls.

Pourtant, il est à peu près sûr, que les coupables habitent Pégomas, où les environs. Toute autre supposition ne tient pas debout. J'essaierai, d'ailleurs, de le démontrer dans un nouveau travail qui paraîtra à son heure.

Quoiqu'il en soit, si depuis 1906, on n'a pu les prendre, avec les moyens dont on dispose, il faut songer à autre chose.

La proposition que je vais soumettre aux autorités compétentes, n'est pas nouvelle; la grande presse locale l'a déjà mise en évidence, sans grand écho, du reste.

Je vais la renouveller et la compléter.

Une forte prime d'abord, 25 ou 35.000 francs au moins et mieux 50.000, à remettre à celui ou à ceux qui feraient découvrir les coupables.

Il ne m'appartient pas d'indiquer la manière dont serait répartie la prime. Cette question doit être étudiée par qui de droit ?

Le principe de la prime adopté, reste la question de savoir s'il n'y aurait pas possibilité de faire application, le cas échéant, à celui ou à ceux qu'elle tenterait, de l'article 266 du Code Pénal.

En un mot : Assurer l'impunité à celui qui ferait prendre les coupables, alors même qu'il aurait été leur complice.

Le principe adopté ; j'ai la conviction qu'on aurait de grandes chances de débrouiller la situation inextricable, dans laquelle on se débat depuis 1906.

A. BUYWID.

22 FÉVRIER

Les évènements qui se déroulent actuellement à Pégomas ne détruisent rien de ce que j'ai avancé. Au contraire un point capital paraît établi :

Les malfaiteurs sont de Pégomas !

La police mobile paraît, cette fois, devoir mener l'œuvre à bonne fin. Il ne faudrait pas, cependant, que les mêmes fautes du passé se renouvellent.

Il est incontestable qu'il y a eu association de malfaiteurs.

Les aveux de Chiapale, la complicité de Sauvaire qui sera démontrée je l'espère, d'autres éléments d'instruction que l'on possède depuis longtemps, permettront sans doute de remonter à la tête.

Mais, encore une fois, le voudra-t-on ?

A. B.

Imp. du Progrès, Place-Gambetta NICE